PARA NUNCA MAIS CHORAR CEBOLAS

Juares Souza

1ª edição / Porto Alegre-RS / 2017

Capa, ilustração e projeto gráfico: Marco Cena
Revisão: Bianca Diniz
Coordenação editorial: Maitê Cena
Produção editorial: Bruna Dali e Jorge Meura
Produção gráfica: André Luis Alt

Dados Internacionais de Catalogação na Publicação (CIP)

S729p Souza, Juares
       Para nunca mais chorar cebolas. / Juares Souza. – Porto Alegre: BesouroBox, 2017.
       96 p. : il. ; 14 x 21 cm

       ISBN: 978-85-5527-058-1

       1. Literatura brasileira. 2. Contos. I. Título.

CDU 821.134.3(81)-34

Bibliotecária responsável Kátia Rosi Possobon CRB10/1782

Copyright © Juares Souza, 2017.

Todos os direitos desta edição reservados a
Edições BesouroBox Ltda.
Rua Brito Peixoto, 224 - CEP: 91030-400
Passo D'Areia - Porto Alegre - RS
Fone: (51) 3337.5620
www.besourobox.com.br

Impresso no Brasil
Outubro de 2017

SUMÁRIO

Para nunca mais chorar cebolas
7

Domingo no parque
15

Entre notícias de jornal
25

Paisagem amarela
33

Linda e as estrelas
41

Metamorfose-mãe

49

Entre almas e livros

57

O homem que engolia as palavras

65

Tonico e os peixes

77

Pelos olhos de Celeste

87

Ella chegou a barriga para mais perto da borda da pia de granito. A preguiça não poderia ser somada à falta de vontade de cozinhar, para que não corresse o risco de voltar para cama. Era apenas uma quinta-feira. Nada de mais, só uma quinta como todas as outras, e havia muitas outras. Cozinhar nunca fora um prazer para Ella, somente um ofício que assumira com as ordens do matrimônio, pois não conseguia achar para si a felicidade estampada no rosto daquelas celebridades da TV que passavam a manhã ensinando como fazer receitas maravilhosas sem entupir a pia com um monte de potes, panelas, colheres, vidros e sobras que sumiam quando a câmera mudava o foco. A convivência com a mãe ao redor do fogão durante seus 20 anos de solteira não fora suficiente para lhe impingir os segredos e as cores da arte culinária; ao contrário, a ideia de que era necessário aprender a lidar com as panelas para ser digna de algum elogio sempre a assustava, e, por isso, também evitava repetir as receitas que agora jaziam amarelas no caderno herdado da avó.

Na batalha entre o desejo e o ofício, negava-se à paciência de cortar cebolas. Muitas vezes já tinha ouvido o marido reclamar da espessura daquele tempero que ela deixava boiando sempre que se aventurava no preparo de um molho um pouco mais requintado. As reclamações também acompanhavam o prato de salada, o recheio de um bolinho ou qualquer outro preparo que insistisse em ter cebola como um dos ingredientes. Ella acostumou-se com as reclamações e já as ouvia como parte de um enredo de alguma novela mexicana à qual todas as tardes assistia pela TV. Nutria um imenso desejo de ser uma daquelas protagonistas, não pelo fato de sofrer por um amor impossível que, no final, seria resgatado com uma linda viagem por uma paisagem montanhosa, mas pelo simples fato de a tradução dos diálogos encenados nunca conseguir acompanhar o mesmo ritmo das falas originais, o que deixava a impressão de que a personagem falava uma coisa e todos entendiam outra. Ah, como seria bom um momento desses na vida real, colocar para fora tudo que desejasse dizer, livrar-se do nó na garganta e, no final, ainda ser admirada pelos seus espectadores! Mas agora tinha apenas que cortar as malditas cebolas.

Truques e mais truques vira a mãe praticar para não chorar durante o preparo dos alimentos que levassem cebola: deixar a torneira ligada enquanto descascava e cortava os pedaços em baixo d'água, colocar um palito de fósforo no canto direito da boca ou até mesmo embeber a maldita em um preparo com água doce e vinagre antes de cortá-la. Tudo praticado com o maior esmero, mas sem sucesso, pois muitas foram as vezes em que flagrou a matriarca escorada no fogão, num esforço subumano para engolir o choro, ou secando as lágrimas com o pano de louça num recanto escondido da cozinha.Talvez por isso Ella, agora, depois de tantos anos de casada, já não se incomodava mais com as lágrimas, com a grossura da cebola ou com as prováveis queixas do marido. Tinha apenas que preparar o jantar; logo mais o serviria, como num ritual, antes que aquele ser com quem se casara fosse se postar no sofá até a cabeça cair para o lado e o ronco disputar o volume com a voz do apresentador grisalho que repetia as notícias do dia.

Maquinalmente, deu lugar à obrigação e se pôs a cortar pedaços largos para agilizar a tarefa. Deixou de lado as simpatias da mãe, pois sabia que as lágrimas não tardariam a aparecer. O ácido saído daquelas fatias impregnaria o ar e entraria pelas suas narinas, fazendo seus olhos arderem. A terrível imagem da apresentadora linda e feliz preparando as receitas no programa da manhã não saía da sua cabeça. Sentiu raiva de não ter ali uma câmera que mudasse o foco quando ela começasse a chorar, raiva da mãe que não lhe ensinou direito a evitar o choro, raiva das suas gorduras escoradas sobre a beirada da pia, raiva de não conseguir dizer as belas palavras da atriz mexicana. As mãos, já enrugadas, teimavam em esmigalhar a cebola, espalhando pelo ar aquele cheiro azedo que ela há muito detestava.

Decidida a não chorar, abriu a torneira em busca de um copo d'água. Nada havia ali, apenas gotas que caíam lentamente, anunciando que mais uma vez o abastecimento havia sido interrompido pelo maldito racionamento de verão. Deixou que o líquido se acumulasse no copo e o colocou na boca, na tentativa de amenizar a ardência nos olhos. Sentiu um gosto estranho, salobro; na certa, havia pegado um copo mal lavado.

Olhou para o relógio pendurado logo acima da porta de entrada: em números digitais, viu que, além de anunciar que restava pouco tempo para que o portão se abrisse e o marido entrasse, os dígitos menores indicavam que a temperatura tinha subido muito. Isso talvez explicasse o suor que escorria das paredes. Sentiu vontade de provar aquele líquido, e assim o fez. Para sua surpresa, tinha o mesmo gosto da água no copo. Um gosto que Ella conhecia bem e que agora também chegava a sua boca por meio das gotas que escorriam dos seus olhos. Não quis acreditar, tinha cortado mais cebolas do que era necessário, e as lágrimas agora estavam em todos os lugares para onde olhasse; escorriam freneticamente pelos rejuntes dos azulejos, brotavam das portas dos armários, pingavam das folhas da samambaia dependurada na varanda. O fluxo de água da torneira voltou, enchendo a pia até transbordá-la, levando junto as migalhas de cebola para o chão. Ella sentiu os pés umedecerem e se desprenderem do piso; não conseguia parar de chorar também. As lágrimas se acumulavam e, aos poucos, tomavam conta dos outros cômodos da casa, fazendo pedaços de cebola boiarem pelo chão. Tinha que sair dali. O relógio na parede acelerava, agora os dígitos mudavam mais rapidamente. Havia pouco tempo. Ella, então, pegou o pano de louças, secou os olhos e entrou no quarto, onde a cama ainda esperava para ser arrumada. Tentou achar na memória algo que revelasse o exato momento em que os lençóis começaram a ficar encharcados com aquele líquido. Por que ainda não os havia trocado? Parou um instante diante da TV; a atriz mexicana curiosamente falava com voz própria. Abriu as gavetas da cômoda, as portas do roupeiro, as caixas de bijuterias e de maquiagem e viu que tudo já estava ensopado. Passou a mão em algumas roupas; era preciso sair dali antes de ser afogada nas lágrimas de cebola. Com dificuldade, moveu-se até a porta da frente e a abriu, na esperança de reencontrar a felicidade numa réstia de ar puro vindo da rua; no seu ato, a água, que até então escondia-se silenciosa entre as paredes da casa, espalhou-se rapidamente, salgando as flores do jardim.

Pôs-se a andar pela calçada, disfarçando o rosto para que nenhum conhecido pudesse ver que mais uma vez ela havia chorado. Pouco a pouco, o cheiro acre de cebolas sumiu no ar, sentiu novamente os pés leves, como se tivesse emergido de um grande mar salgado e agora conseguisse caminhar livremente sobre as águas. No alto da rua, ainda se voltou para olhar a casa. Pensou em movimentar os cabelos com a intensidade da atriz mexicana da novela, em dizer um par de palavras que fariam sentido só pra ela; já não chorava, a ardência nos olhos havia diminuído, mas ainda não lhe permitia ver o que tinha deixado para trás.

Domingo no parque

Hoje é domingo. Sinto o cheiro de domingo no ar. Lá de fora vem um perfume de flor que se intensifica à medida que o sol se torna mais forte. Ontem choveu o dia todo, pude ver os pingos batendo na minha vidraça; eles escorriam quando se chocavam no vidro, como se fossem lágrimas. Por instantes, tudo se embaçava. Tentei desviar o olhar para algum ponto do ambiente, mas acho tudo muito monocromático. Não consigo entender por que os quartos dos hospitais não podem ter cor. Tudo sem vida, as paredes brancas e os companheiros andando em câmera lenta pelo corredor parecem querer nos preparar para algum lugar além-túmulo. Além disso, os jalecos brancos dos médicos e enfermeiros, somados à quantidade de visitas que vêm rezar aos pés de seus enfermos, não nos impelem à vida, mas nos empurram para a morte. Mas hoje é domingo e ela vem, tenho certeza de que ela vem me ver.

Desde que nos conhecemos, há quase 50 anos, nunca ficamos tanto tempo longe um do outro. Agora tenho que esperar, aqui, deitado, pelas visitas de domingo. Mas é sempre bom saber que ao menos nesse dia algumas pessoas saem de suas rotinas para vir me ver. Hoje é domingo; essa pequena alegria me enche de uma sensação que não sei explicar. Hoje não resmungo, não reclamo do café com bolachas, nem da sopa fria. Tenho que parecer bem para quando Helena chegar.

Ainda lembro a primeira vez que a vi entrando no bonde que iria para o centro da cidade. Sua vasta cabeleira negra, totalmente despenteada, dava-lhe um ar de mulher-leoa que não cabia naquele corpo de menina. Trocamos olhares, flertes de meninice que buscam encontrar algo concreto para descarregar os sentidos que lhes dominam o corpo. Foram muitas as manhãs em que tive que correr para pegar o mesmo bonde, na tentativa de ver aqueles olhos azuis mais uma vez. Ela notava minhas investidas e tentava disfarçar com um pequeno sorriso. Quando tive coragem de lhe dirigir a palavra pela primeira vez, descobri que se chamava

Helena. Não poderia haver nome mais apropriado: Helena, a bela de Troia. Eu não era nenhum Páris, não tinha reinados nem atos heroicos, mas estava disposto a mover meio mundo para ter aquela menina-mulher comigo pelo resto da vida. Iria sequestrá-la se preciso fosse. Que viessem seus pretendentes tentar resgatá-la! Que uma guerra fosse armada! Mesmo assim, eu não a devolveria. Não houve batalha, nem espera, nem rapto; em algum lugar perdido do Olimpo, Zeus resolveu unir nossos destinos.

Helena estava no último ano do Colegial e eu tentava conciliar o emprego de ajudante na gráfica do *Jornal da Manhã* e as aulas de Direito à noite. Foram três anos de namoro e mais dois de noivado até subirmos ao altar e recebermos definitivamente as bênçãos dos deuses. Nos primeiros anos, tivemos que enfrentar algumas dificuldades necessárias à realização plena para a felicidade de um casal jovem. Recém-formado, eu continuava estudando para os concursos públicos que me abririam as portas para um mundo melhor. Helena dividia um ateliê de costura com mais duas amigas nos fundos de um pequeno armazém do bairro. As novas diretrizes políticas e educacionais obrigavam o uso do uniforme escolar, numa tentativa de moral e civismo, o que intensificava o trabalho de minha pequena esposa. Durante muitas noites eu tinha que sair do escritório para buscá-la no trabalho, e ela, embora mostrasse o cansaço no olhar, nunca reclamou de ter que trabalhar. Nessas noites, íamos rindo para casa; eu contava-lhe a rotina do jornal, no qual agora eu respondia como ajudante da área jurídica, e ela falava-me de coisas banais, de como sentia-se feliz a cada encomenda e de seus planos de abrir uma pequena loja especializada em roupas para colégios e para as fábricas.

Não tivemos filhos e também nunca nos preocupamos em saber quem de nós dois era o responsável pelo fato. Vivíamos bem assim, na companhia um do outro e dos muitos amigos que conquistamos. Os negócios de minha primeira dama finalmente prosperavam, e eu, cumprindo o oráculo que me fora ditado há algum tempo, passei a fazer parte da área jurídica do Estado. Do pequeno apartamento alugado, passamos a viver numa bela casa própria na zona sul da cidade.

Hoje, aqui, deitado, quase inerte nessa cama de hospital, só lamento a falta de Helena. Por um momento, penso que a chuva de ontem voltou, pois a janela tornou-se embaçada mais uma vez. Fecho os olhos, mas não quero dormir. Não quero correr o risco de ela vir me ver e eu estar adormecido. O horário de visitas é curto, e sei que ela respeitaria meu sono se me encontrasse dormindo. O cheiro de flor vindo do parque que fica em frente a minha janela se intensifica ainda mais; já deve ser quase meio-dia, ouço vozes de crianças que brincam na rua e de casais que namoram nos bancos da praça. Esses últimos sons me levam para o dia em que eu e Helena resolvemos sentar na grama em frente a nossa casa para comemorarmos 25 anos de casados. Nossos amigos esperavam uma festa grandiosa, com tudo que a data e a etiqueta recomendavam; nós, ao contrário, resolvemos que nos vestiríamos a caráter e que a companhia de três garrafas de um bom champanhe mais a presença das estrelas nos bastariam, e, assim, acordamos às 7h da manhã seguinte, atirados sobre um cobertor na grama do jardim.

Poucas foram as vezes nesses longos anos que tivemos algum atrito que perturbasse nossa harmonia. Talvez por isso não consigo entender por que motivo agora ela demora tanto em vir me ver. Sei que sentirei vontade de tocar nesse assunto quando ela chegar, mas quero aproveitar todos os instantes junto dela, e, por isso, não farei nenhuma pergunta; quero apenas estar pronto. Conheço-a tanto que sei que estará usando seu vestido mais caro e os brincos que lhe dei de presente quando fizemos 40 anos juntos. Lembro-me tão bem daquele dia que ainda hoje me dá vontade de rir. Helena já não ia com tanta frequência para sua loja de uniformes, dedicava-se a ficar em nossa casa, esperando-me para que, juntos, pudéssemos jantar e ainda contar um ao outro nossas rotinas. Naquela noite, o jantar estava posto de um modo especial, claro que não mais no jardim, uma vez que a prudência e a idade não nos permitiam mais isso, mas na mesa da sala mesmo, com velas e flores espalhadas pela casa. Perguntei a minha pequena Heleninha se eu havia esquecido o meu próprio aniversário, pois, quando entrei no quarto, encontrei sobre nossa cama um embrulho feito com todo carinho e uma bela caneta com as nossas iniciais gravadas em ouro. Ela mostrou-se tão decepcionada comigo que quase tive que estragar a surpresa. Mas consegui me manter firme, fingindo que realmente não me lembrava de nada especial naquela dia, até que nossa campainha tocou e ela foi atender. Havia apenas uma caixa embrulhada em papel turquesa que ela imediatamente tomou para si e pôs-se a abrir numa sucessão de caixas até chegar a um pequeno estojo com o par de brincos e com um singelo cartão, em que podia-se ler "para combinar com os olhos que há 40 anos me enchem de alegria, com amor do teu sempre, Carlos". Helena se atirou sobre mim num frenesi de beijos que quase nos fez queimar o jantar. Sei que hoje ela viria com esses brincos; sempre que queria me agradar, usava-os para relembrarmos aquele momento.

O moço de uniforme verde-claro chegou para me lavar e, estranhamente, demorou mais do que de costume, na certa porque era domingo. Eu não queria tomar banho ali na cama, desejava ir para baixo do chuveiro, me perfumar. Sentia-me feliz e revigorado. O moço não falou comigo, mostrava-se triste ou cansado também, ou melhor, estava com raiva de ter que trabalhar, pois na certa ele também tinha alguma "Helena" esperando por ele para que, juntos, fossem passear no parque naquela manhã de domingo. Pensei em lhe dirigir a palavra, mas não encontrei nada que coubesse naquela situação, era melhor respeitar seus sentimentos, além do mais, a hora da visita se aproximava, minha Helena viria e só isso me bastava.

Mesmo teimando com a minha vontade, as pálpebras foram me pesando, as vozes lá fora, no parque, foram ficando distantes e, aos poucos, fui pegando no sono. Quando acordei, era já passada a hora da visitação. Fiquei nervoso, não avistei Helena, procurei pelas camas vizinhas, ela poderia estar conversando com algum colega de quarto meu, afinal, já fazia tantos meses que me encontrava naquela situação que já havíamos nos familiarizado. Estava enganado, não havia ninguém ali. Tive vontade de chamar pelo moço de jaleco no fundo do corredor, mas não consegui. Queria pedir a ele que fosse atrás de Helena, que a avisasse que eu tinha acordado. Foi quando consegui inclinar a cabeça para ver de onde vinha aquele vento frio. Alguém havia deixado a janela aberta e o cheiro de flor ficava ainda mais forte. Voltei ao travesseiro e fui tomado por uma sensação de paz.

De repente, ouvi uma voz murmurando meu nome em meu ouvido, e abri os olhos. Helena estava ali, exatamente como eu tinha imaginado, com seu vestido de domingo e seus brincos azuis. Calçou-me os chinelos e tentou me ajudar a levantar; não foi preciso, eu saltei da cama revigorado, a presença dela me enchia novamente de forças. Saímos pelo hospital de braços dados, as portas dos quartos estavam lotadas de pacientes e seus entes queridos, mas o impressionante é que todos nos olhavam como se fôssemos dois namorados passeando novamente pelas ruas da cidade. A porta no fundo do corredor se abriu para que pudéssemos passear no parque. Antes de sair, quis retornar e fechar a janela, mas, ao voltar-me, vi que um bando de borboletas azuis cruzava a pequena fresta.

Entre notícias de jornal

Era inútil precisar a origem de Anunciação devido à quantidade de pessoas que reclamavam para si a história daquela personagem que andava pelas ruas de Copacabana. Os mais velhos moradores do bairro afirmavam que ela tinha sido vista pela vez primeira a vagar, já meio desmiolada, pela Lapa. Outros juravam que a mulher havia chegado ali depois de ter sido abandonada nos altos de Santa Tereza por um noivo que fugiu no dia do casamento marcado, fato que não só explicava a gênese de Anunciação como também predizia sua loucura. Muitos, porém, ao vê-la, muitas vezes, embalando um ser imaginário nos braços, não tinham dúvidas de que ela tinha deixado no seu rastro algum filho perdido. O certo é que já há anos a mulher chegara à rua Barata Ribeiro, e passava o dia em frente ao boteco da Josefina à espera de que alguma alma preocupada em garantir o lugar junto ao "Altíssimo" pusesse em suas mãos algum caridoso alimento.

Nos primeiros dias que passou fazendo o reconhecimento do bairro, Anunciação não fixou paradeiro certo. Com a derradeira chuva que principiou o inverno daquele ano, no entanto, ela teve que abandonar as praças e as areias da praia e buscar um lugar protegido para pôr seu corpo cansado no final do dia. E foi assim que o encontro entre as abas das telhas do bar da Josefina e a sobra da parede da farmácia do seu Agenor passou a compor o CEP daquela mulher enigmática. Os comerciantes armaram prontidão no final do dia para expulsá-la dali. "Que vá fazer parte em outra freguesia", gritavam uns. "Chamem a polícia e mandem levá-la para as ruas da Lapa", pediam outros. Já as beatas que a viam ali, faminta e com os braços a embalar a criança imaginária, clamavam para que ela fosse imediatamente levada a algum hospício cristão para se submeter à cura do Nosso Senhor.

Talvez por ser mulher, ou por já ter cruzado por muitas pedras em seu caminho, apenas uma viva alma não atirou pedras em Anunciação. Josefina conseguiu ver que, por trás da vasta cabeleira despenteada e dos trapos sujos que envolviam o corpo daquela mulher, havia mais que a síndrome da demência. Foi assim que tomou para si aquela discussão e, do alto do respeito que lhe cabia, anunciou que se alguém se metesse com a pobre, teriam de enfrentá-la também. E foi assim que a dona do boteco mais frequentado pelos malandros, pinguços e boêmios de Copacabana decidiu que aquela estranha ficaria ali. Conseguiu, então, algumas roupas usadas e, no final de cada madrugada, passou a entregar as sobras do bar como sustento para o fraco corpo da mulher.

Anunciação não incomodava. Ao contrário, todos os dias, quando Josefina abria o bar e seu Angenor chegava à farmácia, o lugar onde ela dormia já estava organizado e limpo, e ninguém a encontrava ali, ela só aparecia no final da tarde, arrumada com as roupas de Josefina. Depois de uma semana, já não era a mesma. Desconfiavam todos que ela usava os chuveiros da praia para tomar banho, outros afirmavam tê-la visto às margens da Lagoa Rodrigo de Freitas, lavando e arrumando os cabelos. Aos poucos, descobriu-se que ela era bonita, e que os anos não tinham ainda conferido toda a maldade ao seu rosto. A rudeza que antes tomava conta de sua aparência foi cedendo, junto a sua loucura. Quem a visse chegando ao seu pequeno beco entre o bar e a farmácia não desconfiaria de sua identidade de vira-mundo.

    Anunciação gostava de conversar, e logo os convivas noturnos do bar lhe conferiram amizade. Adoravam ter com ela um dedo de prosa na calçada, tentar descobrir sua origem, mas a única coisa que conseguiram arrancar de seu passado foi que atendia pela graça de Anunciação. De fato, sempre que tentavam mexer nas feridas escondidas sob a pele da mulher, a loucura voltava a brilhar nos seus olhos e ela parava de dizer coisa com coisa, era como se o passado revirasse seu juízo de pernas para o ar.

    Ao falar do presente ou contar a todos no boteco da Josefina sobre seus planos para o futuro, Anunciação cuidava a concordância e caprichava no uso correto de todos os verbos. Modelava de tal forma o palavreado que seu José da banca de revistas percebeu que a moça falava muito bem, que tinha poder em articular as palavras e que, na certa, tivera um passado gozado junto à esfera escolar. Assim, antes de fechar a banca, todos os dias, deixava um exemplar do jornal para que a moça ocupasse seu tempo com a leitura.

    As conclusões de seu José não estavam erradas. Bastou encontrar os primeiros números do periódico para que Anunciação não mais deixasse a calçada onde vivia. Todas as manhãs, era possível ver a moça debruçada sobre as folhas, lendo ativamente. Eram manchetes do dia anterior, mas isso não a incomodava. Ter um exemplar de jornal novinho só para ela era agora um sonho, sonho esse que guardava sobre seus pertences arrumados na cama de papelão. À noite, no bar da Josefina, sentia o maior prazer em se mostrar conhecedora dos assuntos discutidos entre os fregueses. Para ela, era isso uma sensação virgem de pertencimento a um grupo. Não notava maldade nas galhofas dos bêbados quando lhe perguntavam pelas notícias do dia, ou se sua foto havia saído nas manchetes diárias.

A realidade não chega a ser um incômodo para quem sonha longe. E assim Anunciação guardava, junto aos seus segredos, escondidas, as fotos de mulheres elegantes que enfeitavam as colunas sociais. Quem sabe um dia estaria ali de volta? Poderia muito bem fazer parte de um mundo glamoroso, frequentar os salões, comer bem. Certo que isso um dia viria.

E veio mais rápido do que Anunciação esperava. Numa madrugada em que apenas algumas vivas almas vagavam pela rua, afirmando-se em seus gargalos de cachaça, e que só os barulhos dos ônibus que cruzavam a avenida Nossa Senhora de Copacabana dividiam espaço com outros ruídos da noite, um carro de luxo cruzou o sinal vermelho e parou diante da banca de jornal. Anunciação não desviou os olhos das páginas que tentava enxergar com a pouca luz vinda dos letreiros da farmácia do seu Agenor – estava encantada demais com aquele mundo do dia anterior. Foi quando um ruído estranho vazou a noite; um único som, seco, ensurdecedor, que fez com que algumas luzes brilhassem no alto das sacadas. Latidos seguiram o ranger dos pneus no arrancar do carro no asfalto. Na manhã seguinte, não havia mais Anunciação. Apenas se formava sobre as fotos elegantes uma poça de sangue de um vermelho brilhante.

Paisagem amarela

Tudo ao redor ardia em um amarelo-sol. Aquela cor já havia tomado conta de tudo, secado os açudes, rachado a terra e levado embora centenas de cabeças de gado. As últimas folhas que ainda sobravam de uns poucos ramos resistentes da caatinga não contavam há muito com a possibilidade de gerar vida. O ar ao redor de tudo era quase quebradiço e seguiria seco por muito tempo.

Da pequena varanda em frente à casa, olhando a paisagem ao redor, Dalva sentiu um friúme lhe percorrer as entranhas do corpo enquanto o pequeno Juscelino sugava o que ainda restava de seu peito quase vazio. Por muito tempo, relutou diante da ideia de partir rumo ao desconhecido, mas, olhando ao seu redor, sabia que não havia outra saída. Nos últimos meses, alimentava-se praticamente de rezas e pedidos para que a chuva chegasse no dia de São José, mas até o santo parecia ter fugido daquela região, e, mesmo com velas, procissões e ladainhas incansáveis, nenhuma lágrima divina caiu do céu naquele dia. Teriam que partir, mesmo a contragosto do marido, Durval, que acreditava ser possível esperar a chuva por mais algum tempo, enquanto houvesse na caatinga algumas raízes para o sustento do dia.

Dalva sabia que não haveria água vinda do céu, que nada aconteceria. Reconhecia em todo aquele amarelão a mesma força que, segundo ouvia dos relatos antigos, havia espalhado o terror por todos os cantos do sertão, matado crianças e deixado ao longo da ferrovia os corpos secando daqueles que não conseguiram vencer a caminhada até algum curral do governo. Não queria aquilo para Juscelino e Belmiro, não podia ver os filhos minguando a cada dia. Amava seus meninos, mas, nas noites em que era acordada com o choro do mais velho, que pedia alguma coisa para afastar a dor da fome, sentia vontade de nunca tê-los parido. Em muitas ocasiões, um copo de água doce com farinha era a única refeição que tinham sobre a mesa, e, graças a isso, ainda não havia secado todo o leite de seu peito, que servia para manter vivo o mais moço. Agora já não tinham mais nada para dar aos filhos, e, por mais que Durval e o pequeno Belmiro passassem o dia na caatinga em busca de algum preá, na maioria das vezes só voltavam trazendo alguma raiz, que era dividida entre os quatro para que não morressem de fome.

A teimosia do marido cederia na certa ao ver que as chuvas de "São José" não tinham vindo. Ainda restavam forças para caminhar até a estação de trem, e lá, com sorte, haveriam de arranjar um jeito de garantir a viagem até a capital. Ao ver Durval chegar trazendo na mão a inexistência da caatinga, Dalva não teve dúvidas; partiriam na manhã seguinte.

Naquela noite, após ter arrumado Belmiro na rede para dormir, Dalva sentou-se na frente da casa com o marido, que fumava seu último cigarro de rama. Enquanto embalava Juscelino, teve vontade de conversar, mas faltaram-lhe as palavras diante do olhar que transbordava do rosto do marido. Ela o conhecia o suficiente para saber o que se passava naquela cabeça. Tudo ali fora erguido a custo, e agora a seca havia lhes roubado, num passe de mágica. Que força estranha era aquela que podia tirar assim dos viventes a dignidade de viver? Onde estariam os santos que tanto louvavam e ajudavam a carregar nas procissões? Que mundo vasto era esse que lhes reservava apenas aquele canto castigado pela miséria? Teve vontade de chorar vendo o marido ali, atirado no canto da área da casa, mas nem mesmo havia sobrado lágrimas. Só lhes restava ir deitar e esperar para partir antes mesmo que o amarelo do sol rasgasse a manhã.

Na madrugada, sentiu quando o marido levantou da cama de lastro e saiu para o terreiro. Na certa iria tentar aliviar o calor que todas as noites queimava suas pernas. Logo estaria de volta para descansar, precisariam estar inteiros para a longa caminhada. Dalva fechou os olhos para forçar o sono a tomar o lugar da sua preocupação. Não podia ter medo do que enfrentariam. Pior era ver os filhos morrerem, e isso, mais cedo ou mais tarde, aconteceria se ruminassem a ideia da permanência. Pensando nisso, adormeceu.

A fome de Belmiro anunciou a manhã. Só então Dalva percebeu que Durval não havia voltado para casa. Quem sabe tinha passado a noite à procura de algum alimento que lhes poupasse a viagem? Esperaria ele voltar. No fundo, queria muito que ele regressasse com alguma boa nova, pois, no mais profundo de seu peito, ela também não queria ir embora.

Esperaram em frente à casa. O sol chegou e, com ele, nenhum sinal de Durval. Sem que necessitasse de pedido da mãe, Belmiro correu para a caatinga; conhecia bem os caminhos percorridos pelo pai. Voltariam logo, a mãe que não se preocupasse. Mas o regresso se deu solitário, e o menino voltou trazendo apenas a algibeira do pai como prova do achado. O havia encontrado sentado junto a um tronco seco de juazeiro, e, ainda que pedisse, não tinha maneira de fazê-lo sair de lá.

Dalva seguiu Belmiro pelas entranhas da caatinga, numa ligeireza que esgotou as forças economizadas na calada da noite. Ao longe, avistou o marido escorado no tronco, com o chapéu de couro cobrindo-lhe o rosto. Parecia que descansava ali fazia muito tempo. Ao aproximar-se, percebeu que, dos joelhos para baixo, as pernas de Durval se confundiam com o tronco árvore. Tentou erguê-lo, mas das rachaduras de seus pés saíam raízes que se embrenhavam na aridez da terra. Tentou arrancá-lo dali em um esforço em vão. As raízes dirigiam-se para todos os lados, se alastravam até o curral deserto do gado, passavam por baixo da casa, contornavam plantações até chegarem ao que antes tinha sido um açude. Dalva teve vontade de sentar-se ali também para compor aquela paisagem, mas viu que o pequeno Belmiro se escorava no pai e que de seus pequenos pés já afloravam ramos. Não hesitou, arrancou o menino dali e seguiu para casa. Ficou feliz quando viu que Juscelino ainda estava dormindo na rede. Pegou, então, o que podia levar e, com os dois meninos, saiu, rompendo o amarelo do sol.

Linda e as estrelas

Nos bares que cercavam a Ladeira do Pescador, nenhum forasteiro poderia imaginar que aquela mulher de cabelos despenteados que todas as noites descia em direção ao mar, levando consigo uma sacola velha em farrapos, pudesse atender pelo nome de Linda. Quando veio ao mundo, com os olhos azuis de meter inveja nos santos do mar, o pai não teve dúvidas de que não haveria no mundo melhor alcunha para a menina. Nas primeiras tentativas de garantir a vida santa à filha, o pai não obteve a aprovação de Padre Juca para batizar a menina. Aquilo não era um nome, era um apelido – dizia o padre –, que fosse arrumar um nome mais santo para aquela vivente com cara de anjo. Não houve jeito, o pai não arredou pé, e só depois de muita insistência e com a ajuda de algumas beatas da região, que prometeram tornar a menina uma religiosa fervorosa, foi que o pároco cedeu e a criança foi levada à pia de batismo.

Nas ruas do pequeno povoado, quase não se via a menina, a não ser nas missas de domingo. Não que os pais não saíssem com ela pelas ruas da vila. Acontece que o pai, seu Argemiro, era pescador e passava boa parte dos dias no mar, e a mãe, coitada, não fora criada para andar na rua. Além disso, para cumprir com a promessa, as beatas arrastavam a menina para todo compromisso religioso na capela, de sorte que quase ninguém sabia da beleza da menina.

Na primeira vez que Linda seguiu a procissão de São Pedro, com asas de isopor e vestidinho branco de cetim, houve quem jurasse ter visto a encarnação de um anjo. O pai, orgulhoso, exibia a filha para todos os pescadores, e não foram poucos os que economizaram as moedas nos ajutórios da capelinha da igreja para comprar doces para a menina. Logo, a fama da pequena Linda cresceu, botando à flor da pele a raiva de Padre Juca, que não ficava nada contente em ouvir os boatos de que sua igreja só enchia por causa da menina. Não tardou para que ela fosse conduzida ao Internato das Irmãs Peregrinas para receber instruções escolares.

Bom tempo ficou a jovem longe do olhar dos pescadores, até que, terminada sua formação e sem o desejo de seguir a vida de freira, retornou para a Ladeira do Pescador. Estava agora moça feita. Os cabelos, imitando a cor da areia da praia, acentuavam ainda mais o azul dos olhos. Não se trancafiou em nenhuma sacristia, como era esperado. Ao contrário, parecia querer aproveitar cada minuto do dia para ajustar com a vida o tempo que ficara no internato. Passeava pela vila com tanta naturalidade que parecia nunca ter saído dali, e, em bem pouco tempo, passou a conhecer cada morador pelo nome e era capaz de saber até mesmo onde cada vivente morava.

Contam que, no leito de morte, a mãe pediu que ela voltasse para o internato para seguir a vida junto ao Altíssimo, mas nem o pedido materno fez com que a moça deixasse de lado a liberdade que havia experimentado. O pai rezava para que a filha arrumasse logo um bom marido, pois sabia que a sina de pescador também se cumpriria para ele e, mais cedo ou mais tarde, alguma tempestade o levaria para morar junto à rainha do mar. Linda não tinha medo disso, e encontrava na companhia das rendeiras e das mulheres de pescadores a distração para os dias na vila.

O único compromisso que a jovem manteve junto à igreja foi organizar a quermesse para a procissão de São Pedro. Não apenas porque era devota do santo, mas porque não media esforços para uma boa festa e, nessa ocasião, poderia conhecer pessoas que moravam além das fronteiras da sua aldeia.

Até hoje não se sabe ao certo quais ventos trouxeram até ali o jovem Rufino; o que se sabe é que, depois que o pescador viu Linda na banca a vender doces, nunca mais quis voltar para suas terras. O rapaz viu a mesma imagem de anjo que há muito tempo seguia a procissão, mas agora carregada de uma beleza ainda maior. Não mediu esforços para cortejar a moça, e, como sentiu que os olhos azuis dela lhe acompanhavam o tempo todo, foi falar com o velho Argemiro logo que terminou a festa para pedir a ele a mão de sua filha em namoro.

Saber que Linda casaria com um pescador não encheu de ânimo Argemiro. Conhecia bem o destino das mulheres daqueles viventes que arriscavam a vida no mar, mas estava ficando velho e um dia também não voltaria mais para casa. Por medo de que a filha ficasse na solidão e também por saber que contra os amores que nascem em dia de São Pedro não há humano que possa algo fazer, consentiu que os jovens namorassem.

O sopro do santo também tomou o coração de Linda. Nunca ela havia tomado conhecimento de algo tão forte. Talvez fosse esse o fogo de que tanto havia ouvido falar no internato. Esse fogo que afasta as pessoas do caminho e conduz as almas para bem longe das belezas eternas. Fosse como fosse, não queria ficar mais nem um minuto longe de Rufino, e, antes de chegar novamente a festa do padroeiro, estavam casados.

Não havia na vila casal mais feliz. Nos primeiros meses, Rufino deixou de ir para o mar e passou a se ocupar da venda dos peixes que o velho Argemiro trazia ao final de cada pescaria, pois assim teria mais tempo para desfrutar do amor de sua Linda.

Todas as noites, Linda e Rufino desciam a ladeira em direção ao mar. Ficavam horas sentados na areia, sentindo a brisa que as ondas traziam. Nessas noites, Linda tirava seus enfeites de uma sacola e ficava ainda mais bela para Rufino. Alguns pescadores contam que o rapaz ficava tão encantado com a beleza da moça que ia até o fundo do mar buscar estrelas para enfeitar seus cabelos, apenas para vê-la ainda mais bonita. Muitas vezes o casal foi visto voltando para casa apenas ao raiar do sol, quando os primeiros barcos já chegavam ao cais.

Acontece que só o chamado das águas tem força para desamarrar os laços do coração, e, certa manhã, ao ajudar o sogro a colocar o velho pesqueiro em movimento, Rufino ouviu seu nome soprado pela brisa do mar. Em vão o sogro tentou tirar da cabeça do rapaz a ideia de partir naquela manhã. Ele queria ir ainda mais distante, para além das águas conhecidas. Sabia que lá encontraria as estrelas mais bonitas para enfeitar os cabelos de sua amada. Então, sem avisar nada a Linda, partiu.

Naquele dia, o pesqueiro de Argemiro não voltou para casa. Os homens do lugar reviraram as areias da praia, vasculharam as margens das ilhas e não viram nem sombra do velho barco. Passaram-se dias, a lua mudou suas fases e não chegou nenhuma notícia do rapaz. Vieram novas quermesses de São Pedro e cânticos e ladainhas foram proferidos a favor da felicidade do casal. Todo esforço em vão. A moça então deixou de sair de casa. Pentear os cabelos não quis mais. Seus olhos perderam o brilho e, por um longo período de tempo, não foi mais vista nas areias da praia.

Uma noite em que a lua permitia ver além do horizonte das águas, Linda foi vista descendo pela primeira vez a Ladeira dos Pescadores em direção ao mar. A partir de então, bastava a escuridão da noite cobrir as areias e a lua espelhar as águas que a moça percorria o caminho que a levava à praia. Ia sempre só, perdida em um mundo apenas dela, sem palavras ou sorrisos. Levava nas mãos sempre a velha sacola de enfeites já conhecida de todos. Nunca estava bonita como antes, parecia carregar consigo a tristeza do dia, mas, nas manhãs seguintes, quando os pescadores viam-na voltando para casa, encontravam nos olhos da moça o mesmo azul de antes, e muitos deles, até hoje, juram que ela trazia no cabelo as mais belas estrelas do mar.

Metamorfose-mãe

Logo que os enjoos se tornaram frequentes, Esmeralda resolveu esconder de todos que um novo ser se formava em seu ventre. Não tinha vergonha de estar grávida, e ser mãe novamente não era o que de fato lhe desagradava. Já tinha gerado dois belos meninos, e ter mais um correndo pela casa não seria nenhum problema. Sabia que, para o marido, a notícia seria uma verdadeira premiação; os negócios na fazenda prosperavam mais do que o esperado, e, desde que se casaram, ele não escondia de ninguém o desejo de encher a casa de rebentos.

Dessa vez, a sensação de estar carregando uma criança em suas entranhas causou em Esmeralda um sentimento esquisito. De alguma forma que não saberia explicar, sentia que ali se formava uma criança diferente, que se ligava a ela como se fosse uma parte sua que queria ganhar vida própria e que a qualquer momento sairia de seu corpo e passaria a andar sozinha pela casa. Um misto de medo e vergonha, então, passou a fazer parte da sua gestação, e, enquanto pôde, entre truques e malabarismos femininos, decidiu manter oculto o fato de que estava grávida.

A verdade, porém, sempre procura formas concretas de se manifestar. No caso de Esmeralda, ela veio na imagem de uma barriga que, diariamente, crescia de maneira assustadora. Não houve como esconder por muito tempo a novidade, e, contrariando o desejo da esposa, o marido, como das outras vezes, reuniu todos os parentes num almoço de domingo para dar manchete à boa nova.

No seu íntimo, Esmeralda desejava que tudo aquilo cessasse de uma vez por todas. Nutria um temor de que alguém pudesse perceber que ela se sentia triste por trazer consigo algo que parecia não lhe pertencer. E foi assim que, quando o último parente ganhou a estrada, Esmeralda anunciou a todos da casa que não mais sairia de seu quarto até a chegada da criança.

De início, não pareceu ao marido que valia a pena dar crédito ao desejo da esposa. Na certa era mais um capricho de mulher grávida que logo passaria. Melhor não contrariar. Nos dias que se seguiram, porém, não houve quem visse sombra de Esmeralda pela casa. Apenas a Josefa, a criada mais antiga da casa, era permitida a entrada no quarto. Era ela que, uma vez por dia, ganhava o interior do cômodo para deixar sobre a mesa de cabeceira os alimentos do dia e conferir a higiene do local. A ninguém mais era concedido o direito de cruzar aquela porta, nem mesmo ao marido, que passou a dormir no quarto dos meninos para suprir a falta que os filhos sentiam da mãe.

Esmeralda não queria que um único ser da casa a visse naquele estado. Era Josefa que anunciava a todos que a patroa estava bem, que se alimentava direito e que não carecia chamar nenhum médico da cidade. Alguns meses mais deveriam aguardar até a chegada da criança e, com ela, a normalidade dos fatos; que se respeitasse o capricho da dona. O marido resolveu, então, confiar nos conhecimentos da velha empregada, que já havia testemunhado o nascimento dos seus dois filhos, e, pacientemente, não contrariar a esposa.

Foi Josefa também que trouxe do quarto apenas mais um desejo de Esmeralda: que lhe arrumassem agulhas e linhas das mais diferentes cores. Queria ela mesma tricotar as roupas do filho, que nasceria no inverno. Mais uma vez a vontade da esposa foi cumprida, e, na manhã seguinte, um conjunto de agulhas e caixas de linhas de diferentes tonalidades subiram para os aposentos do casal.

Nos meses que se seguiram, na penumbra do quarto, tudo que Esmeralda sentia vontade de fazer era tricotar. Teceu as roupas para o bebê e os cobertores para o berço. Com linhas finas, criou o manto que serviria de mosqueteiro e as roupinhas para o batizado, e, quando já não havia mais o que criar, passou a confeccionar longos mantos para o quarto. Primeiro vieram as cortinas para a janela, para impedir que a luz do dia ganhasse o leito da criança, depois foi a vez dos tapetes, das capas para as paredes, de uma mortalha para a porta de entrada. E, todas as manhãs, quando Josefa subia com as caixas de lã, já encontrava Esmeralda com o último novelo do dia anterior no final.

Foi assim que, numa manhã em que um calor repentino resolveu desafiar o calendário na parede, Josefa encontrou Esmeralda em trabalho de parto. As outras criadas foram avisadas e se puseram em prontidão no lado de fora do cômodo. Os meninos foram imediatamente mandados para a casa dos avós e o marido postou-se, nervoso, na sala, à espera de que um novo sopro de vida brotasse daquele quarto. Durante as horas que se seguiram, somente os ruídos dos ponteiros dos relógios eram ouvidos nos corredores da casa. Nenhum choro de criança rompeu o silêncio.

Quando os últimos raios do dia deixaram a vastidão da fazenda e o marido decidiu não mais esperar para pôr abaixo a porta e ver o que se passava lá dentro, Josefa desceu a escada anunciando que Esmeralda passava bem e que havia dado à luz uma bela menina. Era preciso agora deixá-las descansar, pois tinham enfrentado um parto difícil. Na manhã seguinte, na certa, poderiam ver a criança. Embora inconformado, o marido resolveu atender esse último pedido.

Na solidão do quarto, nas últimas horas da madrugada, Esmeralda encontrou forças para se levantar e olhar para o berço pela primeira vez. Sentia-se confortada, como se nove meses não tivessem passado e aquele ser que estava ali tivesse existido sempre em suas entranhas e só agora houvesse encontrado o desejo de vir ao mundo. Diferente do que havia pensado, a criança que ali esperava para ser amamentada era de uma beleza nunca vista. Tinha a pele transparente como vidro, através da qual era possível ver pequenos vasos acinzentados de sangue a ganhar força em direção à vida. Do rostinho, ainda mostrando o inchaço do parto, brotavam dois olhos similares aos de uma coruja. Pela primeira vez naquele longo período de espera, Esmeralda sentiu a alegria percorrer seu corpo e lágrimas descerem de seu rosto. Só então lembrou que as pessoas não tardariam a entrar no quarto para as intermináveis sessões de visita e que, portanto, era necessário agir logo.

Lentamente, foi até a gaveta da cômoda, tirou de lá uma roupa confeccionada com todas as nuances possíveis de linha e passou a envolver com ela cuidadosamente sua pequena preciosidade. Quando todos entraram para admirar a criança, ninguém conseguiu perceber a diferença. Só Esmeralda sabia que de sua obra-prima brotava um pequeno par de asas.

Entre almas e livros

Não sei por que um frio intenso me percorreu a espinha logo que cheguei a minha biblioteca. Certo era que muito tempo ainda havia para que o sol aparecesse e entrasse pela janela, banhando de luz as madeiras do assoalho já gasto. A cobrança da editora para que eu entregasse de vez o livro para a publicação soava em meus ouvidos e não me deixava mais dormir uma noite sequer. O jeito era aproveitar as horas de insônia e tentar mais um capítulo. Não me era habitual escrever na madrugada; gostava da tarde para produzir, pois era o momento em que ficávamos apenas eu e o silêncio em casa. Além disso, a luz da tela do computador me incomodava à noite, cansava-me, e, das poucas vezes em que teimei me aventurar pelas horas mortas, fui vencido pelo sono. Talvez por isso resolvi tentar escrever.

Hesitei um instante diante do computador. O melhor seria pegar para ler um dos muitos livros que se amontoavam no canto da mesa à espera de que eu finalmente acabasse a leitura. Mas havia a voz da revisora me alertando para o prazo de entrega dos originais de meu romance, e eu já não poderia me arriscar a pedir mais tempo para a editora. Iria escrever. Era já dever meu fazer aquilo. Na certa viria a inspiração de que carecia para acabar de vez com a história que já havia iniciado há mais de meses.

Estava frio na biblioteca. Enquanto o computador iniciava seu trabalho em busca de meus arquivos, desci para buscar mais um agasalho e um café para me fazer companhia. Ao voltar, como num toque de mágica, o cursor já piscava num ritmo frenético no canto esquerdo da tela em branco, como a me indicar que eu devia continuar. A claridade da tela disputava espaço com a escuridão da biblioteca, conferindo ao lugar um aspecto que eu desconhecia. Busquei uma posição confortável para iniciar meu trabalho e reli alguns trechos do capítulo, em busca de algo que me conduzisse às páginas seguintes. Mas o que se seguiu foi só um vazio me anunciando que ela havia chegado.

Já não precisava negar, pois eu sentia a presença dela tomar conta do ambiente e percorrer cada canto do cômodo. Olhei ao redor em busca de alguma forma física que se apresentasse a mim e tentasse um diálogo. Mas nada encontrei além do frio, que se tornava cada vez mais intenso e paralisava pouco a pouco minhas mãos. Talvez, se eu acendesse a luz, a encontrasse sentada na poltrona de leitura, folheando um dos livros que eu tinha abandonado na metade, ou de pé ao lado de minha mesa, com seu cigarro em um canto da boca enquanto ria da minha fragilidade e preparava um golpe certeiro com sua foice.

Tentei afastar sua presença e voltei a me concentrar na tela do computador. O cursor agora piscava no mesmo ritmo com que a voz da revisora chegava aos meus ouvidos. Faltava tão pouco para terminar a obra. Ensaiei um título para o novo capítulo. Deletei-o várias vezes. Resolvi ir direto à narrativa e consegui produzir algumas frases soltas que não chegavam a dar forma a um parágrafo. Eram ideias pouco convincentes e que não serviam para dar seguimento aos capítulos anteriores do livro que esperava ser concluído. Contudo, não podia me deixar vencer; estava determinado a não mais abandonar a minha cadeira enquanto não conseguisse escrever pelo menos mais um capítulo para mostrar a ela quem tinha força ali.

Muitas vezes já havia sido vencido, mas daquela vez seria diferente, pois eu não poderia abandonar o jogo que havia começado há meses. Se desistisse, não haveria mais chances de retornar, pois ela nunca estivera tão perto de me vencer. Meus olhos pesavam a cada minuto, trazendo-me à mente a consciência de uma noite não dormida. Além do temeroso cansaço que tomava proporções alarmantes em minhas pernas, ainda contava com aquela voz silenciosa que chegava aos meus ouvidos e se estendia em um riso sarcástico cada vez que eu deletava um parágrafo ou ficava por muito tempo buscando encontrar a palavra certa para finalizar uma única frase.

Mais uma vez pensei em parar de escrever e dedicar as poucas horas que ainda restavam da madrugada à leitura. Quem sabe, nas histórias de outros escritores eu conseguiria encontrar aquilo que já não possuía para mandá-la embora. Tal pensamento me pareceu um tanto quanto absurdo, pois tinha que vencê-la com minhas próprias forças, era atrás da minha vida que ela estava. Por certo, todos que jaziam em minhas prateleiras muitas vezes tiveram que enfrentá-la, e, se hoje mereciam o lugar que ocupavam, era porque haviam conseguido encontrar uma maneira de serem mais fortes do que ela. Beber nas fontes deles seria, para mim, como um atestado de que, mesmo a mandando embora, não havia mérito meu naquilo tudo. Fosse como fosse, eu precisava escrever. Que já não ficasse como o esperado o final de meu livro, ou que eu tivesse que receber as chicotadas da crítica se a editora resolvesse lançá-lo, qualquer coisa seria melhor do que me convencer de que ela havia conseguido ceifar sua vitória.

Os primeiros raios de sol não tardariam a entrar pela minha janela para mandar o frio da noite embora. Quem sabe, eles trariam de volta o que eu precisava para afastar de minha biblioteca aquela presença maligna que me impedia de dar fim a meu livro. Sempre ouvi dizer que era na calada da noite que ela tinha forças e fazia a maioria de suas vítimas. Agarrei-me a essa esperança para tirar de vez aquela pedra do meio do meu caminho. Resolvi que eu era mais forte do que aquelas páginas em branco, afinal, já tinha enfrentado muitas vezes o peso das mãos dela tentando paralisar as minhas, e não seria dessa vez ainda que ela iria me vencer. Lembrei-me da xícara de café que há mais de hora já estava gelado a minha espera. Engoli-o de uma só vez e novamente passei a ler o que já tinha conseguido produzir até aquele momento. Eu queria um desfecho que surpreendesse o leitor. Por mais que eu buscasse um final para o personagem que fosse condizente com sua trajetória na história, não conseguia achar uma saída para a trama que ele tinha vivido nos capítulos anteriores. Foi então que senti que, pouco a pouco, aquela presença que havia me perturbado por tantos dias começava a deixar minha biblioteca. Ela veio à procura de uma vítima, e, certamente, a única maneira de conseguir mandá-la embora era dando a ela o objeto de seu desejo. Estava resolvido o final para meu protagonista. Num passe de mágica, pus-me a escrever. Agora era eu que ria enquanto ela deixava definitivamente minha biblioteca.

Se havia uma alcunha que não cabia a Justino era a de homem de meias-palavras. De fato, ele gostava delas inteiras, com todas as suas possibilidades de sons, sentidos e combinações. Desde que viu a professora Beta colocar na lousa um emaranhado de letrinhas e descobriu que aquilo formava seu nome, passou a acreditar que eram as expressões escritas as responsáveis por dar sentido ao mundo, pelo menos ao seu mundo. A partir de então, começou a colecionar cada vocábulo que conhecia e, talvez por medo de que pudessem lhe fugir algum dia, a anotar todas as palavras em qualquer superfície que estivesse a seu alcance.

Na infância, não teve problemas com esse hábito, que parecia estranho para algumas pessoas. Ao contrário, chegou a ganhar um certo prestígio entre os colegas de turma no colégio quando a professora, além de elogiar seu modo jeitoso de falar, anunciou para a turma que um dia ele seria um brilhante escritor. Mais uma vez, Justino sentiu o poder das palavras, pois não houve só um dia em todos os seus 60 anos de existência que aquela profecia não lhe martelou o juízo.

Como na vida nem tudo segue o curso reto das palavras, Justino teve de deixar guardado, junto com os milhares de termos que já havia anotado, o sonho de ver seu nome escrito na capa de um livro. Logo que terminou o Colegial, contando com a influência do pai, arrumou um emprego de ajudante no pequeno banco imobiliário da cidade. Era um trabalho que não lhe exigia nenhum esforço físico, bastava fazer os relatórios da movimentação dos clientes e, uma vez por semana, despachar o malote de correspondência para o correio. A destreza com a leitura e com a escrita também lhe conferiu certa habilidade com os números; talvez por isso os encargos daquela profissão não lhe causavam receios. Além do mais, era um trabalho que lhe proporcionava um tempo livre no final do dia, sem que ele tivesse que levar para casa nenhuma tarefa extra.

Achava as horas que ficava atrás da mesa a conferir números um tempo perdido. Permanecia a maior parte do tempo isolado em uma pequena sala nos fundos do banco, e, no meio da tarde, a falta de alguém com quem conversar era suprida pelo ofício de escrever o relatório do dia para os principais clientes da agência. E, para isso, Justino não economizava no galanteio: para um breve relato, buscava a palavra correta e a sonoridade da frase, conferia um por um o destinatário e nunca, por uma vez que fosse, pecou com o uso dos pronomes de tratamento. Se alguma reclamação surgia, não se devia ao fato de o rapaz ter cometido um deslize gramatical. Ao contrário, quando um ou outro cliente chegava com uma queixa, era por não ter compreendido tão rebuscado vocabulário. Isso não chegava a ser um problema, pois logo tudo se resolvia com uma explicação tão eloquente que, mesmo sem entender o que o rapaz havia falado, o cliente saía do banco satisfeito com o palavreado que tinha escutado.

Na correspondência interna, muitas vezes Justino era surpreendido por um colega que entrava na sua sala pedindo para que ele esclarecesse o que de fato queria dizer num bilhete, num memorando ou nas atas das reuniões mensais. "Use língua de gente", diziam alguns que, por vezes, se sentiam acanhados de ir até a mesa de Justino para pedir-lhe esclarecimento. Mas todos na repartição já conheciam os hábitos do colega e achavam até bom ter alguém assim por perto, pois, quando se viam em apuros em questões do coração, era ele quem escrevia as mais belas cartas de amor para dar uma forcinha para o cupido, ou, ainda, era por meio das palavras dele que até mesmo o gerente do banco conseguia convencer os funcionários sobre a importância de atingir as metas mensais.

Quando o sistema operacional do banco tornou-se totalmente informatizado, Justino passou a ter pouco a escrever. As contas dos clientes já não careciam mais de relatórios, pois toda movimentação feita era contabilizada com um simples pressionar de botões. Os memorandos, as circulares, as atas e até o mais simples bilhete passaram a ser padronizados numa linguagem tão pobre que o rapaz não tinha coragem de ler, para não correr o risco de tentar modificar totalmente o que estava escrito.

Com tão pouco para fazer, sobrou para Justino o tempo, e a profecia da professora Beta passou a ocupar ainda mais a sua mente. Colecionar palavras passou a ser quase que seu único passatempo para preencher as horas que ficava no banco. Sempre que lembrava de um vocábulo ou conhecia novos termos nas linhas dos jornais e revistas, anotava-os para não os esquecer, pois sabia que tinham vida própria e, na mesma rapidez com que apareciam, poderiam sumir. Com isso, inúmeros cadernos de anotações passaram a compor uma pilha sobre sua mesa, e, quando os periódicos que o banco assinava já não lhe proporcionavam nenhum novo achado, Justino passou a trazer de casa seus antigos dicionários para ler durante o expediente.

A ociosidade do rapaz não chegou a incomodar nenhum colega do banco. De fato, poucos se lembravam dele naquele tempo de tecnologias tão avançadas, pois a informatização trouxera consigo também a facilidade de todos encontrarem as palavras certas para usá-las como bem entendessem, podendo, assim, impressionar quem quer que fosse. No dia, porém, que Justino passou a anotar tudo que encontrava em qualquer lugar, até mesmo os mais antigos funcionários do banco acharam que o colega estava perdendo de vez o juízo.

Os cadernos deixaram de ser a fronteira para a escrita de Justino. Ele anotava na mesa, nos espaços em branco dos documentos que chegavam a sua mesa, no encosto da cadeira; houve uma vez que a colega de repartição não quis acreditar que o vira anotar uma palavra no verso da própria gravata. Quando a situação chegou ao ponto de palavras estranhas aparecerem escritas nos guardanapos das bandejas de cafezinho, o rapaz foi chamado à sala da gerência.

– A situação está insuportável, meu caro – disse-lhe o gerente, Adamastor. – De hoje em diante, se tu quer garantir o emprego até chegar a tua aposentadoria, engole essas tuas palavras.

Justino não entendia como um membro de tão elevado posto não conseguia sequer conjugar os mais simples verbos com perfeição. Apesar disso, os últimos termos usados pelo gerente foram absorvidos claramente pelo rapaz. Aquela não lhe pareceu uma má ideia, e já que não poderia mais escrever as palavras em qualquer lugar, passaria então a engoli-las. A partir daquele dia, sempre que ouvia, lia ou até mesmo inventava um novo vocábulo, anotava-o diretamente em um dos muitos papeizinhos que passara a carregar no bolso do paletó e, sem que ninguém percebesse, dobrava-o milimetricamente e comia-o com gosto. Era como se uma iguaria até então não provada passasse a fazer parte do seu cardápio principal.

No banco, ninguém percebeu o hábito do colega. Apenas dona Cotinha, que entrava mais vezes na sala para fazer a limpeza habitual, notou que ele, muitas vezes ao dia, tirava uma bolinha do bolso e a ingeria com cuidado. "Na certa são remédios para controlar a sandice", pensou a senhora, "isso é o que dá ler tantos livros".

Assim os dias iam seguindo. Novos móveis foram postos nas salas dos funcionários, os documentos ficaram cada vez mais uniformizados e nenhum rabisco diferente foi encontrado sequer nos cartões de final de ano. Justino agora passava a maior parte do tempo quieto, dividindo seu tempo entre conferir números e mastigar palavras. Fazia questão de não conversar com mais ninguém, não por ressentimento dos antigos queixumes, mas porque tinha medo que as palavras que havia engolido ao longo do tempo lhe escapassem da boca. Da vez seguinte que foi chamado pelo gerente, não mais escutou reclamações a seu respeito; ouviu que estava definitivamente aposentado.

– Agora tu vai ter tempo ainda maior para tuas manias de letrado – ironizou Adamastor. – Tu vai poder navegar livremente pelo teu mundo das palavras e dos livros.

Na manhã seguinte, Justino saiu do banco, deixando para trás os inúmeros caderninhos com suas anotações. Não precisava mais delas, já as tinha engolido todas e poderia usá-las quando quisesse. Levava consigo apenas a certeza de que faria bom uso de tudo aquilo.

Nos primeiros meses da nova vida, já na casa de sítio herdada dos pais, Justino aproveitou para descansar e colocar em dia as leituras atrasadas. Ainda mantinha o hábito de, literalmente, devorar as palavras.

Estava na hora de iniciar seu antigo sonho; passaria a escrever suas próprias histórias, criar arranjos para suas frases, dar, finalmente, vida a seus personagens.

Como num ritual, arrumou tudo para a sua empreitada. Comprou até um computador para gozar a facilidade de sua nova rotina. Naquela primeira noite, prepararia cedo seu jantar. Abriria uma garrafa de vinho para comemorar. Poderia escrever o quanto quisesse, sem se preocupar mais com ninguém, muito menos com Adamastor. Estava livre, e daquele jeito desejava passar o resto de sua vida.

Após fazer a refeição e tomar duas taças de vinho, sentou-se em frente ao computador. Era chegada a hora de pôr para fora tudo que havia guardado há anos. Tentou algumas frases, mas nada que produzia fazia sentido. As palavras embaralhavam-se em sua mente e, com a mesma confusão, surgiam em frases totalmente desconexas. Tomou mais uma taça de vinho. Tinha certeza de que carecia apenas de tempo para organizar suas ideias. A noite, porém, passava rapidamente, e, já na calada da madrugada, sem nenhuma palavra sequer escrita e com uma garrafa de vinho vazia a sua frente, Justino decidiu dormir.

Na cama, assustou-se ao perceber que estava se esquecendo das palavras. Tentou organizá-las em ordem alfabética, mas notou que os anos decorando dicionários iam pouco a pouco sumindo de sua cabeça. Com tamanho esforço, pegou no sono. Não soube quantas horas dormiu, mas, quando acordou, sentiu uma sensação estranha em seu estômago e um zumbido em seus ouvidos que, aos poucos, ia ficando cada vez mais forte, como se uma nuvem de abelhas tivesse se alojado em seu cérebro para devorá-lo. "Maldito vinho", pensou quando a dor no estômago se transformou num enjoo tão forte que ele teve de levantar às pressas à procura de um lugar para pôr para fora aquela bola que lhe pesava nas vísceras.

Caminhou em direção à sala. Uma tontura tomou conta de seus olhos e o chiado em sua cabeça ficou ainda mais intenso. Sentiu-se fraco e, quando chegou diante do computador, que permanecia ligado, caiu no chão, numa espécie de desmaio. Sentiu que a sensação que antes lhe corria as entranhas agora subia a sua cabeça numa rapidez alucinante. Os sons dos insetos em seu cérebro tornaram-se ensurdecedores. Não mais aguentando, abriu rapidamente a boca, na tentativa de que sua voz pudesse traduzir um grito por socorro. O que se seguiu foi apenas um enxame de abelhas saindo de sua garganta. Centenas delas voaram em direção aos móveis, grudaram nas paredes da sala, invadiram os livros na estante e, em cada lugar que pousavam, se transformavam em palavras.

Depois de muito tempo ali, Justino conseguiu se levantar. Estava mais leve e tudo ao seu redor parecia ter ganhado um novo significado. Sentou-se diante da tela em branco e começou a escrever.

Tonico e os peixes

Era a segunda vez que Tonico acordava naquela manhã. Quando a filha, antes de sair para a missa, entrou no quarto para lhe trazer o café, ainda era cedo, e o dia se confundia entre o resto do ontem e o fim da madrugada. Tinha sido assim nas últimas semanas, desde que aquela ronqueira de gato passara a habitar com mais força seu peito. Despertava com Eleonora sacudindo de leve o seu braço e lhe dando um beijo na testa, um carinho que todo pai adoraria receber se, em seguida, não houvesse as malditas pílulas para restituir o amargo da boca. Sabia que tomava em vão aquele monte de bobagens, mas era preciso confiar nas esperanças dos filhos. Depois, o café morno com leite que recebia com as bolachas salgadas lhe apresentava novamente o sono. Então a filha ajeitava os travesseiros para que ele comesse melhor e saía apressada, deixando-lhe sozinho para que tornasse a dormir. Ela voltaria após a missa daquela manhã de domingo para lhe dar mais um monte de remédios e ver se nada lhe faltava.

Quando acordou, podia ver pelos raios de sol que entravam pelas frestas da janela que a manhã já ia longe. Estranhamente, não escutou o chiar de gato no peito, apenas uma dor imensa nas pernas e nas costas, anunciando que havia passado dias demais na cama. Sentiu saudade do tempo em que acordava antes dos filhos e saía para a lida diária. Voltava só ao cair da tarde, trazendo consigo o cansaço do trabalho no campo, que era rapidamente esquecido ao ver Eleonora e o pequeno Danilo brincando no terreiro, alegres, como convém a dois pequenos seres com tão pouca diferença de idade. Além disso, havia os cuidados de Jurema, que sempre lhe esperava com uma xícara de café quente para lhe enganar o estômago e mandar a fome embora até a hora do jantar.

Às vezes, Tonico tardava a chegar. Era um hábito já antigo. Nessas ocasiões, Jurema não se agoniava, pois conhecia o marido suficientemente bem para saber que ele se demorava na encosta do açude para pescar algum peixe para o dia seguinte.

Agora ele estava ali, servindo apenas de incômodo para a pobre Eleonora, que já não havia casado para cuidar da mãe, que morreu agonizando sobre uma cama. Não era justo a filha ter de carregar tamanho fardo. Havia criado a menina para ela ser feliz, encontrar um bom rapaz para amar e, um dia, entrar com ele na igreja em direção ao altar. Sabia que a filha não gostava quando ele tocava naquele assunto, mas, no fundo, não queria que ela tivesse que abrir mão de tantas coisas para passar o resto da vida cuidando dele.

A falta de chiado no peito deu-lhe ânimo naquela manhã. Sentia-se disposto. Eleonora ficaria feliz se chegasse em casa e o encontrasse em pé. Quem sabe, poderia preparar o almoço para os dois. Não era tão inválido assim que não pudesse sequer cozinhar algo se o coração assim lhe mandasse. Era isso. Estava certo e sentia-se contente ao perceber que ainda podia ser útil para alguma coisa.

Desceu da cama com cuidado, pois não queria que o bando de gatos viesse ocupar novamente seu peito. Foi até a janela e resolveu abri-la, para que aquele sol de início de manhã pudesse tomar de volta um espaço que há muito tinha abandonado naquele quarto. Uma brisa boa passou pela casa e fez com que a porta da varanda, que havia sido esquecida apenas encostada por Eleonora, abrisse, revelando um dia ainda mais bonito do que ele imaginava.

Era uma sensação agradável aquela. O cheiro da grama úmida vindo do campo misturava-se com o perfume da casa, que se mostrava mais limpa e organizada do que de costume. Na certa Eleonora esperava alguma visita. Quem sabe Danilo viria para almoçar? Seria aquele um domingo especial? Tonico resolveu conferir no calendário pendurado atrás da porta. Levantou com cuidado a folhinha com a imagem da Virgem Santa. Na folha seguinte, a gravura mostrava duas crianças diante de um belo regato, protegidas pela presença poderosa do anjo da guarda. Tonico mais uma vez lembrou-se dos filhos brincando na frente da casa. Seria bom se suas mãos também pudessem virar as folhinhas dos meses para trás até chegar ao momento em que ainda viviam todos ali, na companhia feliz um do outro. Tudo que conseguiu, porém, foi conferir que dia era aquele que havia se anunciado de uma forma tão bonita. Ficou surpreso por saber que já era o segundo domingo de agosto. Não tardaria a chegar a primavera, quando tudo voltaria a florir e ele poderia ficar um bom tempo longe do chiado dos gatos no seu peito.

Antes de largar a folhinha do calendário de volta na sua posição habitual, Tonico se pegou pensando no pequeno córrego de água que parecia deixar as crianças tão felizes naquela imagem. Era isso, na certa um pequeno sinal para lhe refrescar as ideias, já tão cansadas de lutar com a falta de lembrança. Devia ir pescar. Imaginou a alegria que Eleonora sentiria se ele voltasse para casa trazendo um peixe para o almoço. Se Danilo viesse comer com eles, aquele seria então um domingo perfeito, faltando apenas a presença de Jurema para deixar tudo como antes.

Sabia onde se encontravam os anzóis e as varas de pescar. Desde a época em que deixara de ir até o açude, ninguém mais havia mexido neles. Bastaria apenas alguns ajustes para que funcionassem como da última vez. Levaria miolos de pão para pegar os primeiros lambaris que lhe serviriam de isca, e, com sorte, voltaria rápido para casa, tendo, assim, tempo de fazer a surpresa para os filhos.

No campo, Tonico pôde sentir os pés sendo tocados pela grama ainda molhada. Não sabia há quanto tempo não sentia tamanho prazer. Sentiu vontade de rir ao ver que, ao longe, os ipês já se apresentavam cobertos de flores, sinal de que as estações também já andavam a caducar.

A dificuldade de movimentar os dedos tornou o simples ato de armar as iscas uma tarefa mais complicada do que ele se lembrava, mas conseguiu fazer com que a armadilha ficasse tão perfeita que até o peixe mais esperto se deixaria enganar facilmente. Postou os anzóis na beira do açude e procurou um velho tronco onde pudesse esperar que a linha noticiasse que havia conseguido pegar alguma coisa para o almoço. Ao primeiro sinal de uma fisgada na isca, Tonico teve vontade de puxar a linha para ver o que tinha pescado; os anos de experiência tirando da água o que levava para casa, no entanto, lhe haviam ensinado que a paciência era a maior virtude de um pescador. O jeito era esperar, e isso era o que ele mais sabia fazer.

A vontade de molhar os pés naquela água fez com que, pouco a pouco, o medo de que os gatos voltassem a fazer festa no seu peito fosse dando lugar a mais uma de suas proezas de quando ainda era novo. Tirou os velhos chinelos e, deitado na encosta do açude, deixou que a água molhasse seus pés. A vontade de ficar ali para sempre lhe fez esquecer das horas, como nos velhos tempos. Estaria Jurema agora ainda esperando por ele? Ao voltar para casa com o peixe, encontraria Eleonora e Danilo a correr no terreiro com o anjo da guarda lhes dando proteção, como na imagem do calendário?

Quando o sol já contornava o meio da manhã, Tonico sentiu a linha finalmente ser fisgada. Levantou-se sem nenhuma dificuldade. Os gatos tinham ido definitivamente embora de seu peito, e ele não conseguia parar de pensar no quanto isso deixaria Eleonora muito feliz.

Graças aos raios de sol que batiam na superfície do açude, Tonico reconheceu que aqueles pontos que brilhavam como diamantes eram os peixes, que brigavam para ver qual deles chegaria primeiro até a isca. A pescaria seria boa, tinha certeza. Há muito que não via tanto brilho naquelas águas. Era preciso voltar para casa, chamar Eleonora e Danilo para irem lhe ajudar a armar mais iscas.

Naquela manhã, ao voltar da missa, Eleonora não encontrou o pai na cama como de costume. Sentado no chão e escorado na cama, Tonico descansava. No peito, nenhum som, nem chiado, nem nada. No rosto, a mesma expressão de felicidade que ela tanto conhecia ao vê-lo tantas vezes voltando de suas pescarias. Ela, então, se dirigiu até a janela que o vento na certa tinha aberto e pôde sentir o perfume dos ipês floridos. Ao longe, viu Danilo chegando ao portão. Vinha naquele domingo, como de costume, comemorar o dia dos pais.

Pelos olhos de Celeste

Uma pequena sobra do verão ainda entrava pela janela quando Celeste sentiu o coração se tornar pesado e os nervos do corpo perderem de vez a vontade de mover-se por si só. Já há muito que o parapeito da janela era sua única companhia nas tardes em que se enfeitava e postava-se à espera de Ricardo. Desde o dia em que o noivo anunciou que partiria para a guerra, a moça fez da espera uma maneira de enganar a solidão e a razão única de viver.

 O pequeno povoado de Alma Grande já conhecia a rotina de Celeste, como se o ritual da moça fosse um ato de procissão. A casa onde morava com a avó permanecia fechada desde o dia em que ela voltara para casa após se despedir do noivo na pequena estação de trem. Desde então, no interior da pequena residência de paredes coloniais com janelas para a calçada, quase nenhum movimento era notado. Raras eram as vezes que avó e neta eram vistas desfilando pelas ruas da cidade. Visitas quase não recebiam; quando muito, um vizinho enxerido postava-se a bater palmas na frente da casa, na esperança de descortinar os segredos que as duas lá dentro guardavam.

Acontece que, enquanto esperavam o frio passar e a geada abandonar de vez o costeiro da macega no fundo da casa, as duas dedicavam-se em silêncio ao ofício de costurar. Primeiro foram as peças do enxoval. Celeste queria estar com tudo pronto quando Ricardo voltasse, trazendo no peito as inúmeras medalhas de guerra que havia prometido a ela no dia em que partira. Em seguida vieram as roupas dos filhos, que, na certa, teriam muitos; a elas somaram-se depois o vestido de noiva e o vasto véu bordado com centenas de pedras, miçangas e lantejoulas trazidas da cidade. Por coincidência ou por azar, não se sabe ao certo, no mesmo dia em que Celeste deu o último ponto para arrematar o tule que lhe cobriria a cabeça na hora em que subisse ao altar, a voz grossa do locutor do pequeno rádio no qual a avó escutava diariamente as notícias de além-mar anunciou que a guerra tinha finalmente tomado o rumo certo e o mundo poderia tornar a sonhar com a paz.

De paz também se encheram o coração e a alma de Celeste, e, na primeira tarde em que os moradores da pacata cidade abandonaram as ruas, deixando para trás as sobras da comemoração pelo fim da guerra, foi quando a jovem voltou a abrir as janelas do velho casarão. Todas as tardes, desde então, enfeitava-se com os mais belos vestidos que a avó tinha confeccionado com as sobras dos tecidos, perfumava-se com a colônia guardada a sete chaves para ocasiões especiais, trançava com as formas mais variadas os longos fios de cabelos pretos e postava-se com o rosto escorado no queixo e com o olhar no horizonte, na certeza de que, mais dia, menos dia, Ricardo desceria a ladeira em direção a sua casa e a tomaria nos braços.

A imagem da moça na janela logo virou comentário no pequeno povoado. Na boca das maldizentes femininas, aqueles não eram modos de moça direita, só cabia tal comportamento às mulheres da vida, que ficavam, na luz do dia, a mexer com os homens casados que passavam na rua; para eles, no entanto, aquela era uma aparição mandada dos céus pela mão de algum anjo para espalhar a bondade na Terra. Houve galanteios de todas as formas, na esperança de desviar o olhar de Celeste e conquistar de vez aquele amor há tanto guardado. De início, foram os rapazotes que todas as tardes vinham importunar a pobre moça; logo depois, os presentes foram se acumulando na soleira da janela. Donos de comércio, viúvos, solteirões passaram a sonhar com os carinhos da moça da janela, e contam as más línguas que até o prefeito da cidade deixou as lidas do gabinete para vir diversas vezes com promessas tentar roubar de vez os encantos da jovem.

Tamanho cortejo conferiu a Celeste a alcunha de namoradeira, no entanto, a única pessoa que ela realmente sabia amar era Ricardo. Com tamanha fama e tantos cortejos, era de se esperar que a menina voltasse a se trancar no casarão, coisa que era desejo de muitas mulheres de Alma Grande; porém, para infelicidade delas e alegria dos homens daquelas bandas, a jovem não arredava o pé da janela.

A cada estação que se seguia, a beleza da namoradeira crescia e tornava-se notória, ultrapassando os limites do povoado. Artistas vieram da cidade grande a fim de pintá-la em seus retratos; cancioneiros e poetas fizeram dela tema para suas composições; artesãos passaram a esculpi-la em barro e vender a imagem enfeitada com rendas e lantejoulas nas lojas da cidade. Com tudo isso, era de se esperar um abalo nos sentimentos de Celeste, que, no fundo, até achava graça no exagero de tanta gente. Já se acostumara a amar quem estava longe, e, por mais que lhe aconselhassem a sair da janela e ir aproveitar a juventude, tudo o que mais queria era esperar.

Acontece que o ato da espera tem o poder de transformar o coração de qualquer vivente apaixonado. Quando os dias viraram semanas, as semanas viraram meses e, por fim, os anos se acumularam nos ombros da menina, ela percebeu que uma sensação esquisita passou a tomar conta de seu corpo. Quando notou os pés e as pernas enrijecendo, achou que fosse culpa do tempo que passara na mesma posição. Logo, a dureza nos dedos das mãos somou-se à dificuldade de tirar o cotovelo da soleira da janela. Com o tempo, percebeu que sua pele já não tinha o mesmo brilho de antes e que se movimentar para o interior da casa era uma atividade que lhe roubava boa parte do dia.

Os cortejos também passaram a fazer parte do passado. Nenhum olhar mais a contemplava quando os rapazes cruzavam a rua. Aos poucos, sentia-se como se já fizesse parte daquela paisagem. Por mais que ainda se enfeitasse e trançasse o cabelo, já não gozava a mesma alegria de antes. Sabia que as tardes ali eram apenas para cumprir um ritual. Se Ricardo voltasse, a encontraria ainda esperando por ele, e esse era o único motivo para não acreditar que estava se transformando em pedra.

Certa tarde, viu um jovem rapaz de uniforme no alto da ladeira. Uma chama de esperança tocou o coração já quase petrificado da menina. Seria Ricardo que voltava? Não poderia ser, tão jovem, a caminhar pela encosta da rua. Deixou que ele chegasse mais perto para forçar o olhar em busca do rosto do amado, e só o que encontrou foi um desconhecido que, maquinalmente, abriu uma pasta de couro e lhe entregou um pequeno pacote com as iniciais do exército. Depois de superar as dificuldades para desatar o nó que prendia o embrulho, Celeste teve em suas mãos as medalhas que lhe haviam sido prometidas. Junto a elas, apenas um emaranhado de cartas nunca antes entregues e uma placa com os nomes dos homenageados por terem dado a vida pela nação.

Nenhuma lágrima pôde cair dos olhos da jovem, apenas um aperto muito grande lhe tomou conta peito e o peso que antes trazia em seus membros quase paralisados chegou definitivamente a seu coração. Na tarde seguinte, a encontraram ali, não mais perfumada, nem jovem, sequer estava bela; restava apenas um olhar distante e aquele corpo totalmente transformado.

Hoje, já ninguém sabe mais do paradeiro da moça da janela, mas não há um só vivente em Alma Grande que não tenha em casa uma imagem em argila da jovem namoradeira, e quando, por algum motivo, sentem apertar o coração, passam a buscar o amor pelos olhos de Celeste.

R$28,00

IMPRESSÃO:

Santa Maria - RS - Fone/Fax: (55) 3220.4500
www.pallotti.com.br